世界儿童经典故事绘本

骆驼的鼻子

[美] 米歇尔·李 著

[澳] 迈克·克罗姆 绘

嵇 然 译

四川科学技术出版社

从前,在一个遥远的国度,有着一望无际的沙丘。这里有一位四处游走的骆驼商人,以买卖整个沙漠中最好的骆驼为生。

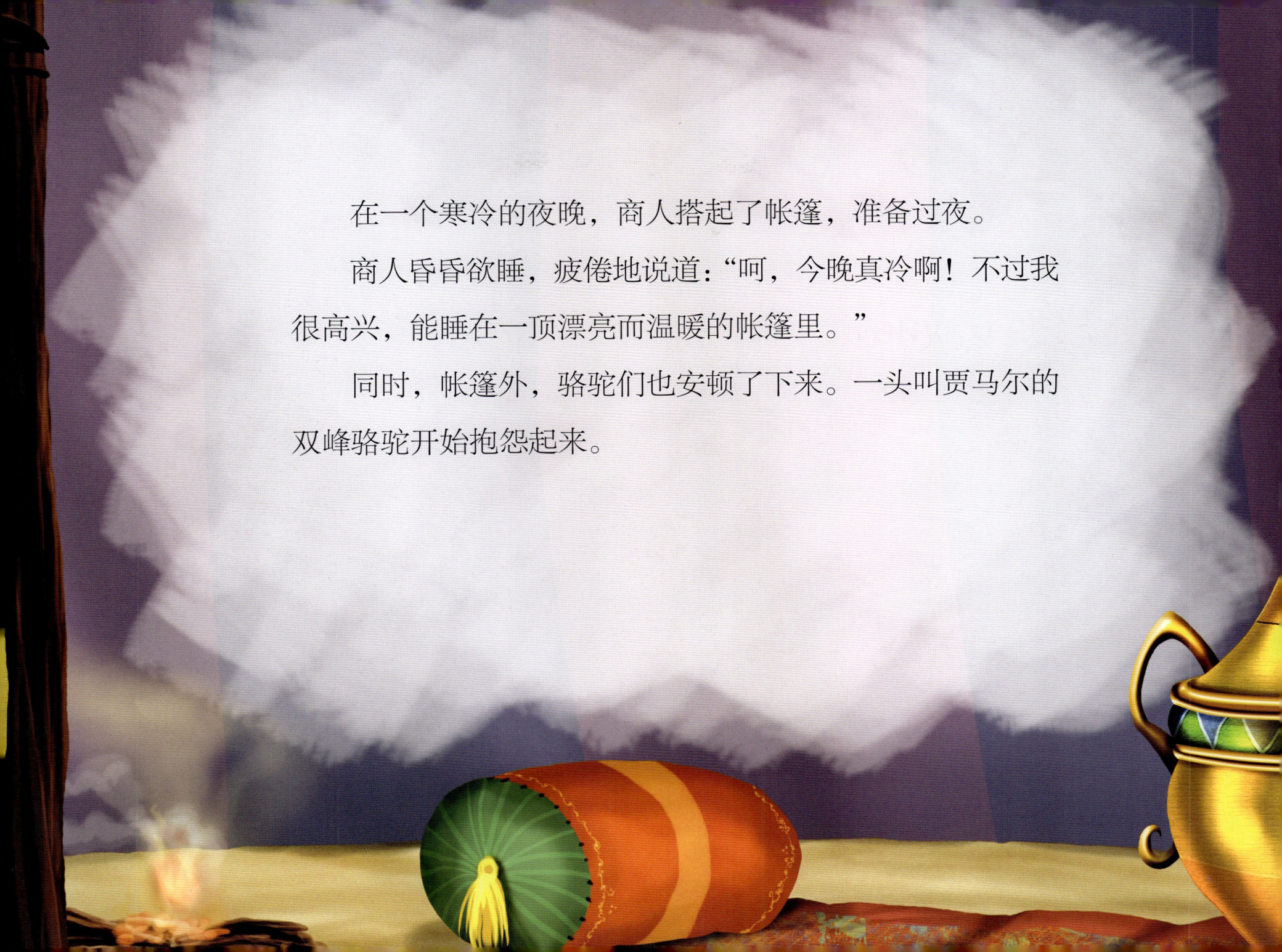

在一个寒冷的夜晚，商人搭起了帐篷，准备过夜。

商人昏昏欲睡，疲倦地说道："呵，今晚真冷啊！不过我很高兴，能睡在一顶漂亮而温暖的帐篷里。"

同时，帐篷外，骆驼们也安顿了下来。一头叫贾马尔的双峰骆驼开始抱怨起来。

"我的天哪！外面真的好冷好冷啊，我的鼻子都冻僵了。我们的主人正睡在他漂亮而温暖的帐篷里，要是我能把鼻尖伸进他的帐篷就好了，那感觉一定棒极了。"

它的骆驼朋友说："你最好还是不要这样。"

"我们的主人会非常生气的。再说了,我们是骆驼,我们就算在寒冷的环境中,也不会冻僵的。"

贾马尔却固执地说:"我才不在乎呢!不管我是不是骆驼,我就要进去。"

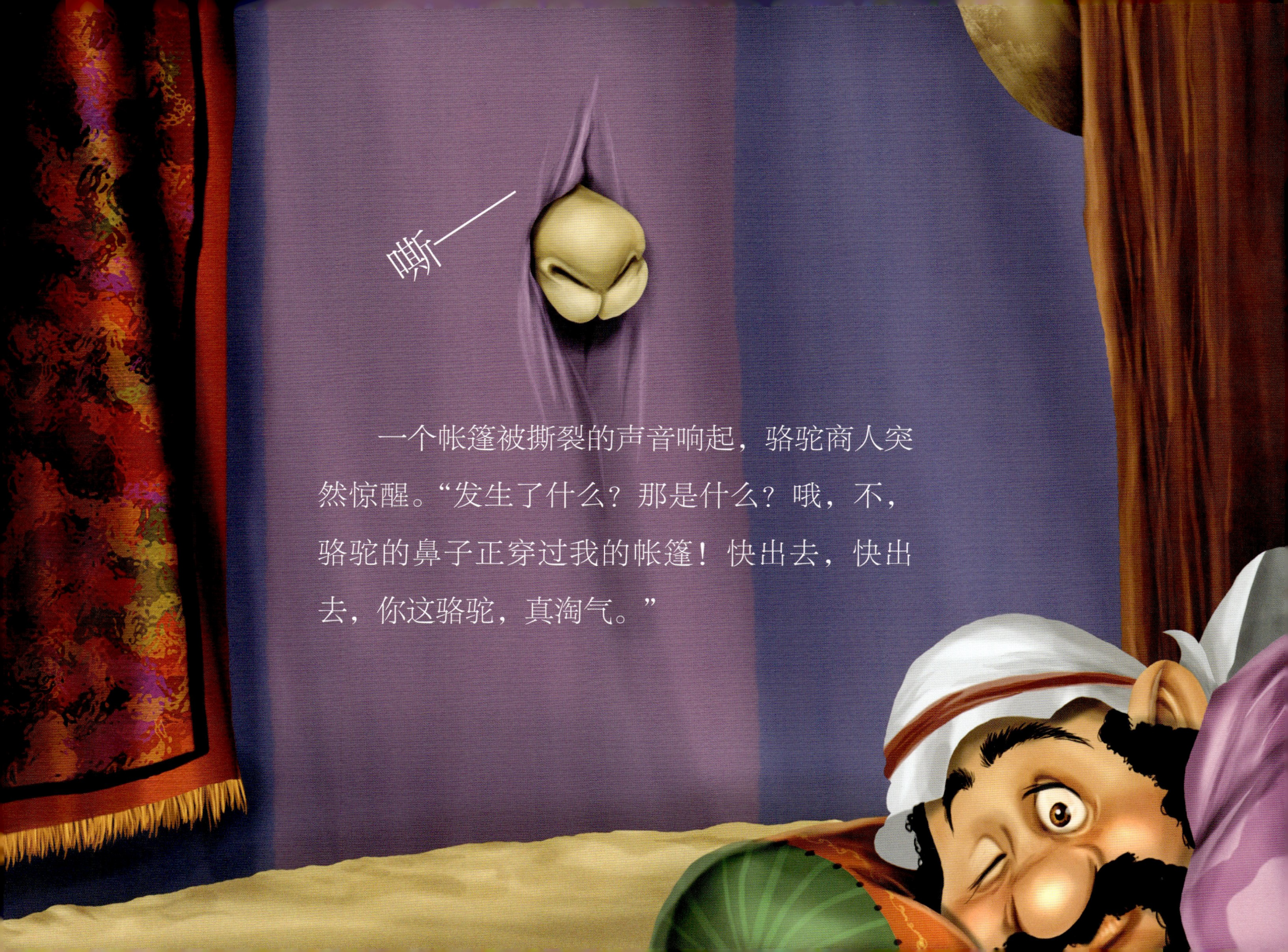

嘶——

一个帐篷被撕裂的声音响起，骆驼商人突然惊醒。"发生了什么？那是什么？哦，不，骆驼的鼻子正穿过我的帐篷！快出去，快出去，你这骆驼，真淘气。"

贾马尔恳求道:"哦,我亲爱的主人,外面实在是太冷了,求求你,就让我暖暖鼻子吧。你甚至都不会感觉到我鼻子的存在。求你了,主人,可以吗?"

"好的,我想外面实在是太冷了,但是你只能把鼻子伸进来。"商人对骆驼说道,"呵,确实很冷啊!我最好再盖一条毯子在身上。"他打了个哈欠,很快就睡着了。

但是,贾马尔并不满足……

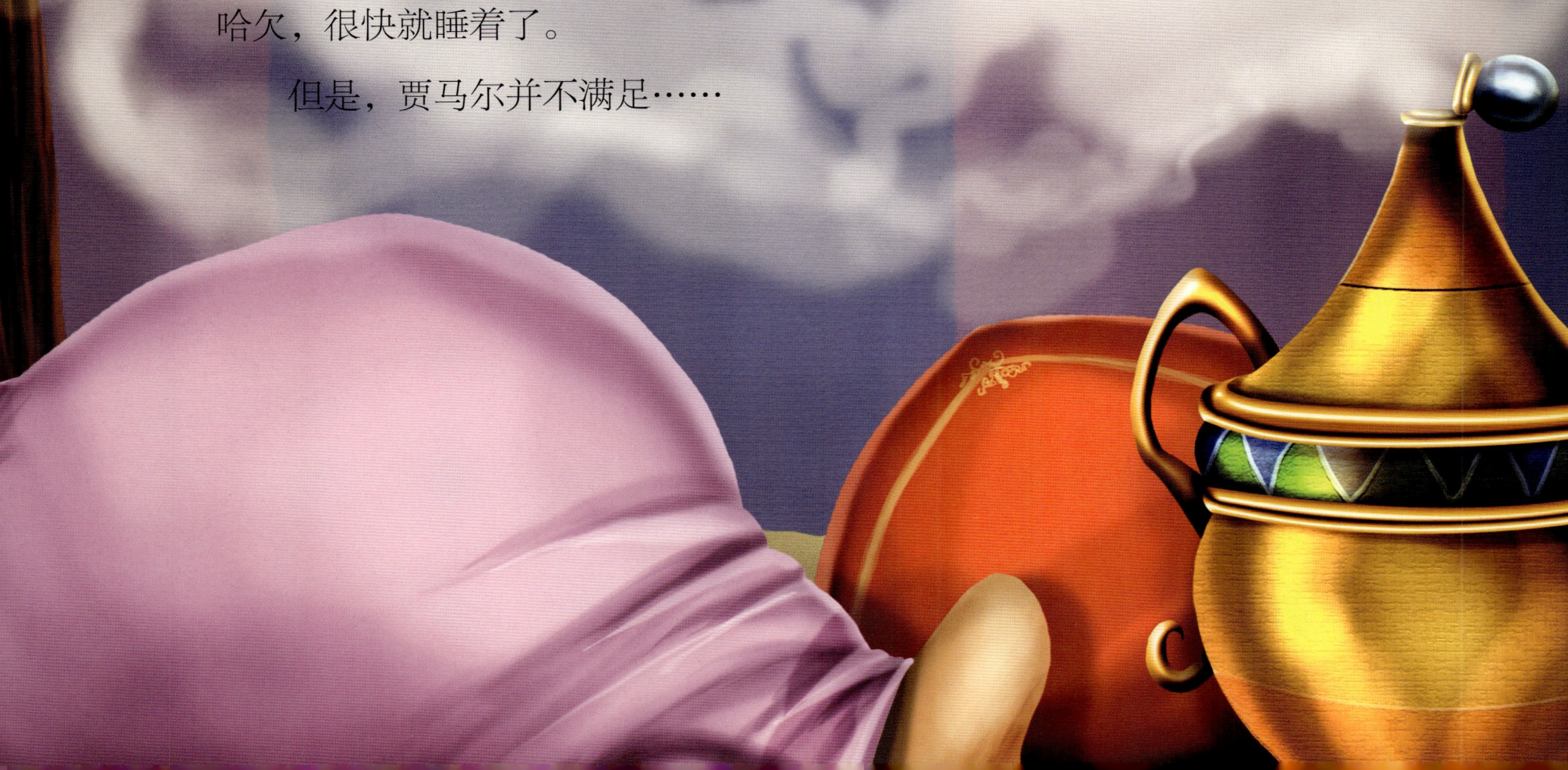

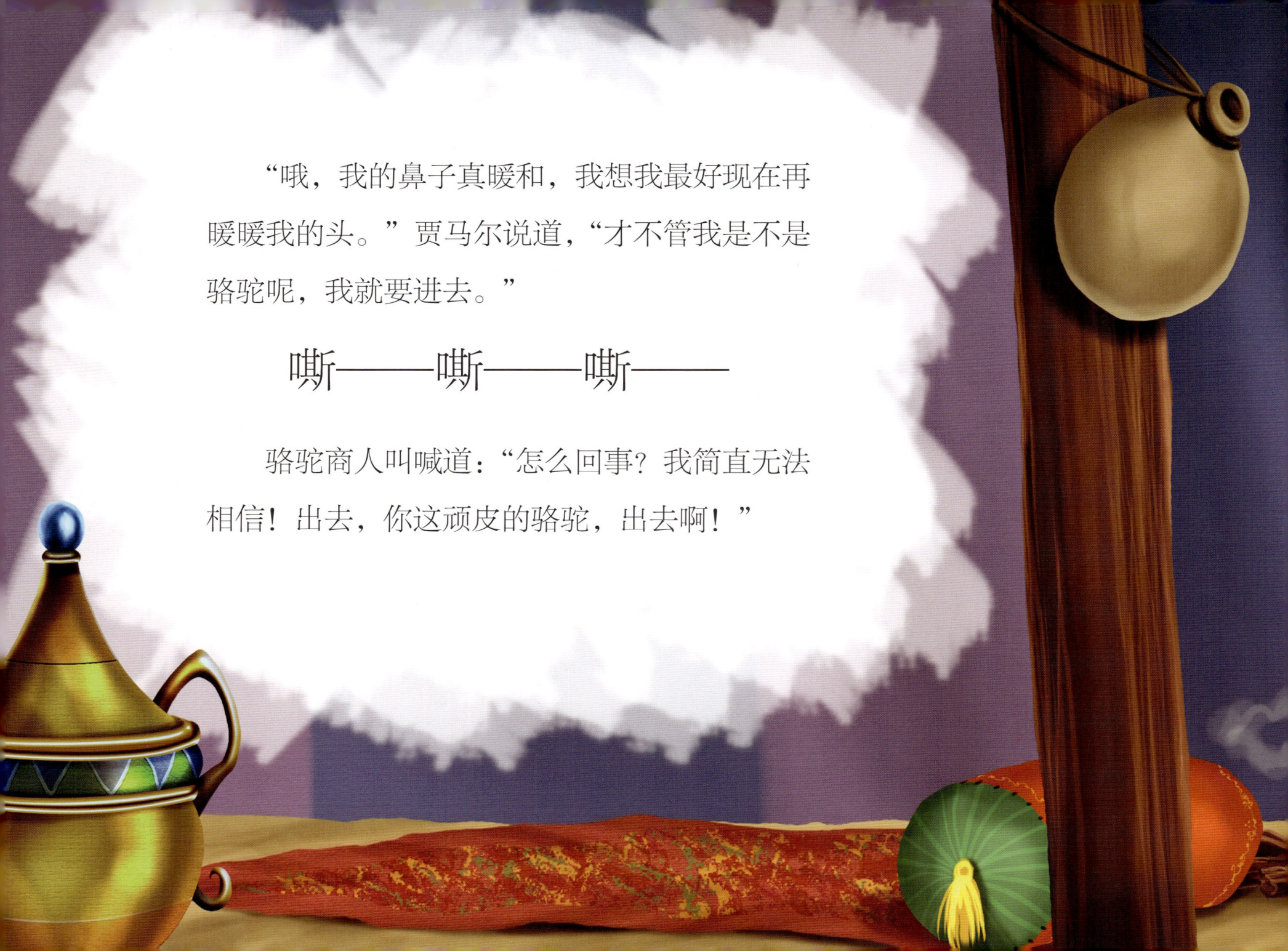

"哦,我的鼻子真暖和,我想我最好现在再暖暖我的头。"贾马尔说道,"才不管我是不是骆驼呢,我就要进去。"

嘶——嘶——嘶——

骆驼商人叫喊道:"怎么回事?我简直无法相信!出去,你这顽皮的骆驼,出去啊!"

"哦,亲爱的、慈祥的主人啊,请不要打我!"贾马尔请求道,"你不知道外面有多冷。求求你让我暖暖头吧,就只暖暖我的头,可以吗?"

"好吧。我想这没问题,但是你只能把头伸进来,安静点,我要睡觉。哼!"商人说着,便又去睡了。

"哦,我的头也好暖和啊!"贾马尔想着,"现在,我还必须暖暖我冰冷的腿。不管我是不是骆驼,我就要进去。"

商人气得直发疯,叫道:"怎么回事?谁啊?哦,不,骆驼的半个身子都在我帐篷里啊。你快点出去,走,走啊!"

"哦,我可爱的、善良的、大方的、富有爱心的主人啊!"贾马尔再次恳求道,"如果我感冒了,生病了,我对你就没有价值了呀。求求你了主人,就让我的腿也进去吧,我会安安静静的,不打扰你。"

嘶——嘶——嘶—— 嘶——嘶——嘶——

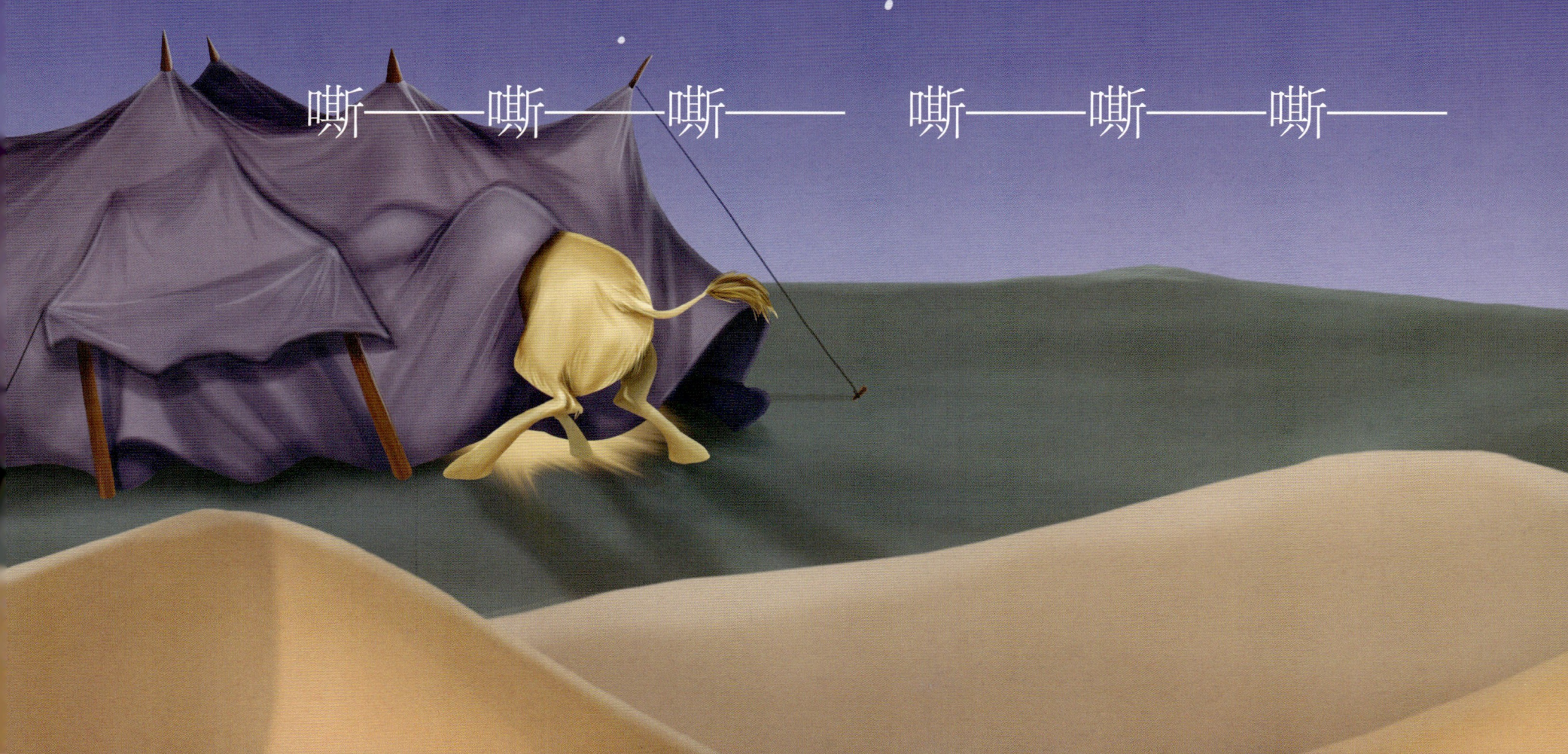

骆驼商人对贾马尔说:"我该拿你这只动物怎么办呢?那好吧,既然伤害已经造成了,我想我就再让你待一会儿,暖暖身子,但之后你必须马上离开!"

贾马尔满意地说道:"好的,好的,谢谢你,谢谢你,我善良的主人。"

但是过了一会儿……

贾马尔想着:"啊!我的屁股好冷啊,如果我能睡在温暖的床上,靠在火边,那该有多好啊。如果我安安静静地溜进来,也许我的主人根本不会注意到我在那儿。是的,我必须暖暖我的屁股。不管我是不是骆驼,我就要进去。"

嘶——嘶——嘶—— 嘶——嘶——嘶—— 嘶——嘶——嘶——嘶——

"啊！怎么回事？哦，不不不，"骆驼商人哭喊着，"一整头骆驼在我的帐篷里啊。快出去！出去啊！"

但是，一切都太迟了。

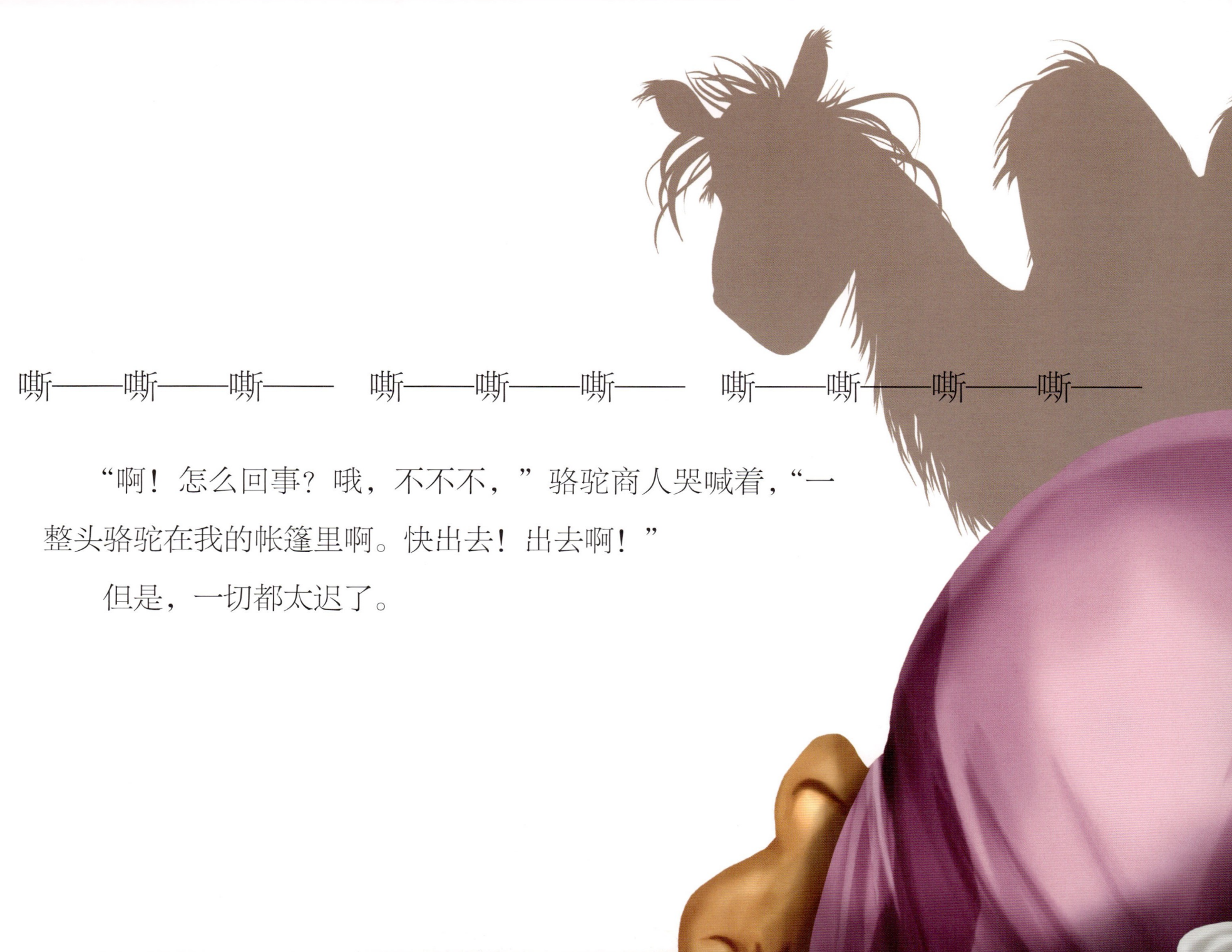

"嘿,快进来,这里面太暖和了!"贾马尔对其他骆驼说道。"看,这里,有一条毯子呢!"另一头骆驼说道。

"停!停!出去!快出去!啊!我要离开帐篷,否则所有的骆驼都要踩在我身上了。救命啊!"

骆驼商人逃出帐篷,奔向寒冷的夜晚。

骆驼们挤在帐篷里,帐篷被塞得满满当当的。可怜的商人,穿着睡衣,差点没能逃出帐篷。

"沙漠里真的是刺骨的冷啊。如果最初,在那头骆驼把鼻子伸进帐篷时,我就阻止它,我现在就依然能睡在我漂亮而温暖的帐篷里。哦,天哪!"

在这个寒冷的夜晚,商人明白了,一次像骆驼鼻子这样小小的妥协,开始看起来并没有什么大问题。但是不久后,问题会越来越多,情况越来越糟,直到一整头骆驼都进入你的帐篷里。

关于骆驼的趣闻

★ 骆驼的驼峰由脂肪组织组成，里面不储存水，但里面的脂肪可以转化为能量和水，这样骆驼们可以在没有食物和水的情况下活几天。

★ 骆驼的脚上有皮革垫，可以防止它们陷在沙子里。它们每只脚上有两个脚趾。

★ 骆驼可以活到大约50岁。

图书在版编目（CIP）数据

骆驼的鼻子 /（美）米歇尔·李著；(澳) 迈克·克罗姆绘；嵇然译. -- 成都：四川科学技术出版社，2023.5
（世界儿童经典故事绘本）
书名原文：The Camel's Nose
ISBN 978-7-5727-0880-0

Ⅰ.①骆… Ⅱ.①米…②迈…③嵇… Ⅲ.①儿童故事—图画故事—美国—现代 Ⅳ.①I712.85

中国国家版本馆CIP数据核字（2023）第035705号

著作权合同登记图进字 21-2022-384号
Copyright: © Scandinavia Publishing House
中文独家版权：北京圣品国际文化有限公司

世界儿童经典故事绘本
SHIJIE ERTONG JINGDIAN GUSHI HUIBEN

骆驼的鼻子
LUOTUO DE BIZI

著　者	［美］米歇尔·李
绘　者	［澳］迈克·克罗姆
译　者	嵇　然
出 品 人	程佳月
责任编辑	张　姗
助理编辑	李　礼
责任出版	欧晓春
出版发行	四川科学技术出版社

成都市锦江区三色路238号　邮政编码 610023
官方微博　http://weibo.com/sckjcbs
官方微信公众号　sckjcbs
传真　028-86361756

成品尺寸	285 mm × 210 mm
印　张	2
字　数	40千
印　刷	河北炳烁印刷有限公司
版　次	2023年5月第1版
印　次	2023年5月第1次印刷
定　价	49.80元

ISBN 978-7-5727-0880-0

邮　购　成都市锦江区三色路238号新华之星A座25层　邮政编码：610023
电　话　028-86361770

■ 版权所有　翻印必究 ■